A

PHILIPPE.

Quos vult perdere Deus, prius dementat.

Quidquid delirant duces, plectuntur Achivi.

PARIS,

A. PIHAN DE LA FOREST, IMPRIMEUR,

RUE DES NOYERS, N° 37.

1835.

LETTRES

ECRITES EN 1786 ET 1787.

PARIS,

CHEZ RENOUARD ET DENTU.

(Se vend au profit de l'hospice de Marie-Thérèse.)

Être unique , toi qui n'eus qu'un tort en la vie; et non pas de te laisser aller aux plus nobles mouvemens de l'ame, aussi tendre que te l'avait donnée le ciel ; et non pas de te laisser saisir par le pieux scrupule des craintes , mal fondées quant à toi-même , trop justifiées par les autres ; mais plutôt et seulement, d'avoir cherché, sous le voile, un refuge aux risques de la vie mondaine, qui ne menaçaient point ta saine nature, d'avoir caché sous le voile, un modèle parfait des vertus et douces et fortes à la fois , qui étaient appelées à se révéler devant la mondaine espèce.

Être unique, qui dans le cœur portais l'amour, et de l'humanité toujours défaillante d'aides , et de la patrie déchirée jusqu'aux entrailles ; non, tu ne blâmes pas le seul auquel il ait été accordé de te connaître, de faire apparaître à travers les nuages obscurcissans et les tourmentes dévastatrices , cette grande et haute image ; si c'est lors du besoin prononcé, bien que sans espoir marqué, de conjurer la foudre, grosse de forfaits, de désastres, incessamment provoquée à éclater sur la déplorable France.

Être unique, oh ! tu ne blâmes pas, tu loues plutôt celui, qui au vieux temps te parut déja digne , comme étant né en rapport avec une ame si divine qu'elle était, qui en ce jour même te paraît digne encore , comme vivant en contact avec une ame si humaine qu'elle était.

« Je me fais une si grande idée de l'être qui a
formé l'univers, qu'il me semble impossible que
nous puissions pénétrer ses desseins. Mon ami, je
crois aussi qu'il n'y a pas un homme sur la terre qui
ne puisse être utile à ses semblables : dans quelque
position que l'on soit, on peut toujours faire du
bien de manière ou d'autre : on peut donner des
secours aux pauvres, adoucir les peines des affligés,
contribuer au bonheur de quelques individus.
*Oh ! je crois que nous sommes créés pour faire le
bien*, et que nous ne devons point abréger la durée
de la tâche qui nous est imposée , ni nous en rap-
porter aux autres pour la remplir. Tendre ami ,
voilà la façon de penser de votre *bonne.* » (P. 200.)

. . . .

« Votre *bonne* ne peut croire que l'univers se
soit formé de lui-même ; il faut qu'il y ait un premier principe que notre esprit ne peut comprendre:
c'est lui que j'appelle Dieu. Mon ami, vous le savez
bien, mon esprit à moi ne peut faire de grands rai-
sonnemens, ni disputer contre le vôtre : mais cet
esprit, dont en général nous tirons tant de vanité ,
à quelque degré qu'il soit, trouve toujours un point
au-delà duquel il ne peut passer : ses bornes sont
plus ou moins éloignées; mais il en existe toujours :
quelquefois, il veut les franchir; alors il s'égare, il
accumule erreurs sur erreurs, il s'enfonce lui-même

dans un labyrinthe, dont son orgueil seul peut lui persuader qu'il trouvera l'issue » (page 186).

Quelles paroles! venant de l'ame comme il n'y en eut pas, allant à l'ame pour peu qu'il y en ait.

Quelles paroles! portant au cœur sinon pourri, portant à l'esprit sinon perdu, la leçon qui va à l'un et à l'autre.

Eh! s'il y a en l'homme quelque chose qui ne soit pas de l'homme; si l'homme ne tient pas son être, d'un soufle du sort et n'exhale pas sa vie au vague du néant: certes, l'homme est à l'homme, l'homme existe pour l'homme.

Et l'homme ne vit pas en lui, de lui.

Et les moyens de l'un, les besoins de l'autre ont à se rallier.

Et le bonheur de tel, le malheur de tel ont à se balancer.

Voilà la première parole : voici la seconde parole.

C'est si peu que la force mentale, que la puissance morale de l'homme, en face du poids incommensurable, du coup irrésistible des choses.

Insensé celui qui, enfant gâté du hasard et gonflé de vanité, boursoufllé de flatterie, s'imagine être plus que rien vis-à-vis de ce qui est tout, s'ingère à faire de la volonté à l'encontre de la fatalité qui est faite.

Et cela, alors que les cataractes du courroux céleste vomissent un torrent en furie, dévastant, déchirant le sol, chariant et sang et boue pêle-mêle, à peine délaissant çà et là quelques paillettes de valeur.

Et cela, alors qu'il n'y avait qu'à abaisser les digues et ouvrir des saignées, qu'à présenter au-devant de l'affluence des eaux, une surface aplanie, que fécondât l'infiltration douce et lente.

En ces paroles, toute vertu, toute raison.

Or d'où viennent-elles? où allaient-elles?

Ici, Philippe, qu'un frémissement d'ame, qu'un retentissement de mémoire fassent accueil à l'oracle, jusqu'alors confiné dans le sanctuaire, maintenant divulgué sur le parvis.

L'oracle part, non pas d'en haut, des régions du ciel, mais de si haut au-dessus des brumes de la terre, qu'à en juger du point de distance infinie où gît l'espèce humaine, le lieu de l'un, le lieu de l'autre semblent s'aborder, s'accoster, de sorte à n'être discernés qu'à grand'peine.

Lis Philippe, lis ce que tu n'a pas lu, ce qui pourtant ne fut mis au jour, que pour arriver à quiconque a le besoin, le moyen, et d'en tirer lumière et d'y puiser force.

Lis, et dans l'imprimé dont les caractères sont mornes et ternes, ou mieux encore dans l'original dont les traits vivans ce semble, sont de puissance à fixer l'esprit inquiet, à émouvoir l'ame amortie.

Pour tout autre, c'est de l'historique, et des temps fabuleux ou plutôt miraculeux, en comparaison des temps courans.

De l'ère ancienne à la nouvelle ère, sous le sol miné de longue main, en un clin d'œil s'est creusé

l'abîme, à ne plus être comblé même par le laps in-
défini du temps.

Depuis, les années pèsent des siècles ; les faits de
la veille passent au domaine de la mémoire. Rien
ne demeure, sauf quelques souveuirs d'esprit, quelques souvenirs de cœur, et de cette sorte, un dernier peut-être.

C'est alors, c'est en cet état des choses, et quoi
que en eussent à dire les sots, les fous, les
gueux, immonde trinité, vouée au génie du mal,
qu'il a été révélé ce legs merveilleux, non pas de
terres, forêts et châteaux, mais de sentimens au-
dessus de nature ordinaire, de pensées en dehors
de la commune portée ; qu'il a été délivré à qui de
droit, ce *fidei commis*, de trop haute valeur pour
être réservé à un seul être.

Ne disons que ce qui se sait ; disons tout ce qui se
doit. A tout prix, donnons-nous la chance si faible
sans doute, que ceci soit vrai :

> Ainsi tant de vertu portera quelque fruit.

Eh bien ! Philippe, cette plume est d'origine
commune, et non de la branche pas encore resti-
tuée à l'histoire.

Philippe, cette encre est de sang collatéral, et du
plus pur sang, du dernier sang, hélas ! de la veine
la plus généreuse.

Philippe, ces traits empreints au papier (ici,
la révolte instinctive de l'ame empêche de déchirer
le gant dont se voilait l'enveloppe terrestre), ces

traits partaient de là même, où de temps à autre, s'appliquait le baiser de respect.

Que de titres à venir à ta connaissance, à parvenir jusqu'en ta conscience.

Crois-le bien ! crois en l'attestation de longues années de silence ! quand le public, quand toi-même surtout, sont admis à l'initiation, c'est que les temps parlent haut de vieille date et qu'à la première heure, ils ne parleront plus.

Entends-le bien ! un seul homme était en droit, avait le pouvoir de tout dire ; auquel si indigne qu'il fut auprès de l'être unique, s'adressaient ces lignes d'ineffable intimité :

« Songez donc que j'aime autant que je suis aimée, et que votre bonheur m'est aussi cher que le mien vous l'est, ou plutôt qu'il n'en existe qu'un pour nous deux, *puisque nos deux ames n'en font qu'une.* » (Page 110.)

Or de ces deux ames qui ne font qu'une à un demi-siècle de date, qui ne font qu'une en l'absence des scrupules religieux, qui ne font qu'une à travers l'intervalle des mondes, la moitié ayant vie encore, parle au nom, parle dans le sens de l'autre moitié.

Et de la parole exprimée à part, de la pensée éprouvée en commun, qu'il plaise ou non, la leçon est à subir, non sans humeur, sans aigreur peut-être, mais au moins sans révolte, sans vengeance : car où se prendrait, se porterait la colère, sans que les coups ne réjaillissent en un lieu sacré.

Et de la fortune qui incombe en la personne d'un fils, une certaine part ne revenait pas, si entre ces deux ames ne faisant qu'une, l'ame à peine émanée d'en haut, n'était soudain remontée au ciel et n'avait tout-à-fait délaissé la terre avant l'échéance des temps désignés à la vie; si de plus, l'ame encore reléguée ici-bas, ne s'était loyalement abstenue, tremblant d'altérer le repos acquis au prix de son propre bonheur, de jamais ramener des souvenirs dont le temps voile et n'efface pas la trace, de jamais rappeler des sentimens, qu'assoupit et que n'étouffe pas le scrupule.

Rends-donc grace, Philippe! porte donc respect, Philippe !

Surtout écoute !

Que Philippe note bien ceci, propice en certains
points, funeste en quelques autres.

Le siècle, venu à la suite de l'âge de fer et bien
dénommé l'âge de plomb, est tout-à-fait inepte à aimer, indigne d'estimer, est à peine apte à haïr,
digne de mépriser.

Boue façonnée en borne : voilà le siècle.

Dans les temps réguliers, le plus souvent l'amitié
perd et l'inimitié sert : en ces temps anomaux, la
chance est pire encore du bord de l'amitié ; tandis
que relativement parlant, la chance est meilleure
du bord de la haine.

Ainsi, en fait des moyens de salut, le premier
soin est de clore la bouche aux accens dit amicaux,
le second est d'ouvrir l'oreille à la voix dite ennemie.

En preuve de ce tutélaire axiome, chaque jour
écoulé depuis 1830, apporte un témoignage irré-
fragable.

Justement, l'auteur de ces lignes manque à aimer plus encore qu'à haïr : et jamais, il n'aime-
rait au point de perdre, jamais il ne haïrait jusqu'à
ne pas servir.

Même, le prince ne lui offre pas un être auquel
il y ait à se prendre en l'un ou l'autre sens : le
prince lui présente plutôt un outil duquel il y a à se
saisir en bonne vue.

Selon lui, tout gît à faire bien fonctionner l'outil : tant mieux s'il y est propre; sinon, tant pis.

Sauf qu'un meilleur ne se rencontre à mettre à l'œuvre, il y a à le conserver en exercice, à le préserver du dommage.

Le provisoire est de l'essence du monde mis en mouvement, lequel avance, recule, s'arrête tour à tour, jusqu'aux temps marqués, où perdant à la fois la force morale et physique, il se fixe au hasard.

Et à passer de provisoire en provisoire, toujours le prix est loin d'équivaloir aux frais; souvent le passage étant franchi à grand'peine, de l'autre bord, le sol manque sous les pieds.

Or donc Philippe se perd, nous perd.

Le pronostic a été tiré dès long-temps, est justifié de plus en plus.

« La république est dans Blaye.

« Certes, la république est impossible de durée, moins en son essence absolue, que par la répugnance instinctive.

« Mais alors que dans l'ancienne et la nouvelle royauté, le possible aurait été épuisé, de nécessité vient le tour de l'impossible.

« La république est dans Blaye.

« Le pouvoir actuel s'étant miné et ruiné à plaisir, la lutte a lieu entre les forces sociales jusqu'alors latentes.

« Et du bord de la légitimité, ce sont forces isolées et timides, inertes et mornes.

« Tandis que du bord de la république, les

forces sont ralliées et résolues, actives et vivaces. »

Ainsi fut dit.

Mais qui écoute, qui entend ! le sort fatal s'accomplira : un fait sans exemple entachera nos annales.

Et le prestige du sang, la magie du temps s'éteignent ; et le charme d'honneur abandonne le plus beau renom.

Aux siècles à venir, viendront s'adjoindre dans la mémoire, sans qu'ici il y eût aucun motif plausible, la tour de Londres et le fort de Blaye, Marie Stuart et Caroline de Naples, etc., etc.

Depuis, tout coule comme de source.

Que le pouvoir soit en haine ! rien de mieux. L'audace ne s'aventure ; l'ardeur ne s'enflamme : le temps, le sort sont invoqués à l'aide.

Que le pouvoir soit en mépris ! rien de pire. La lâcheté prend feu ; la ferveur tourne en glace : le temps, le sort semblent conjurer d'accord.

De là, naissent les occurrences donnant lieu à la loi sur les crieurs et aux lois venant à la suite, dont il fut dit d'abord, en avance des faits :

> Il vous faudra, Seigneur, courir de crime en crime,
> Soutenir vos rigueurs par d'autres cruautés
> Et laver dans le sang vos bras ensanglantés.

De là, surgit le procès-monstre, le procès-gouffre.

Tant que l'œil, saisissant l'avenir et y raccordant le présent, voit se succéder, l'un par l'autre enfantés, déja Blaye, Lyon, Luxembourg ; bientôt octobre 1789, août 1792 ; enfin le Temple, l'arrêt, l'échafaud, sinon pis encore.

Pauvre espèce humaine, que l'exemple ne touche pas, que l'analogie ne frappe pas, qui, plutôt que d'apprécier les périls, d'aviser aux périls, se gendarme à l'encontre de ses craintes instinctives, se pavane en raison de son impuissance sentie, s'enroue à chanter victoire, ne trompant personne, ne se trompant qu'à demi.

Reprenons les faits à l'origine.

« Henri plus qu'impossible ; Philippe presque impossible. »

A peine le Louvre emporté et les Tuileries évacuées, ainsi aux arcanes intimes de l'ame, se parlait la pensée.

Trois mois après, ces deux corollaires sortaient de la presse :

« Il n'y a plus de rois : puissent les peuples apprendre à s'en passer.

« Les vaincus ont tort : puissent les vainqueurs avoir long-temps raison. »

Et coup sur coup, apparaissaient trois écrits significatifs de titre : *La loi des circonstances*, *Les périls du temps*, *Les nécessités de l'époque*.

D'un bord, venaient les dires ; du bord contraire, allaient les faits et gestes. Il se passait sur la scène politique, une parade digne des trétaux du boulevart, où les coups de batte s'escrimaient entre le *parce que Bourbon* et le *quoique Bourbon*, rixe dénuée de sens, dépourvue de but.

De sa nature, la royauté est personnifiée, est identifiée à l'être : le roi n'est pas un signe, un symbole : il est un fait.

Etant de convention , existant par fiction , la royauté sous les formes abstraites, n'a plus le charme, le prestige qui voile l'intérieur, qui ferme l'entrée de l'indicible sanctuaire.

Le roi aussitôt expulsé en sa personne, exilé en son être , la royauté aussi, comme elle fut entendue de temps immémorial, s'évanouit.

S'il y a quelque royauté encore, ce ne sera plus la même , ce sera une tout autre.

Cette royauté sera de création nouvelle , et d'innovation plutôt que de rénovation.

Le type à la Louis XIV , à la Louis XVIII est brisé en éclats , est broyé en poudre.

Et le moule à la Napoléon manque d'un coup de feu énergique , pour mettre en fusion la matière alliée de scories, pour la couler en une masse compacte , la modeler sous la forme prescrite.

Donc en août 1830, il n'y avait point à faire le roi en aucune façon ; il y avait à se faire roi de toute autre sorte..

Du mode de la naissance, devait découler le mode d'existence.

Encore, que l'homme né roi, sorte de sa mémoire qu'il est homme, et seulement garde en tête qu'il est roi, cela passe, cela s'excuse : mais que celui-là, homme de vieille date et roi du quart d'heure, oublie un demi-siècle de sa vie, et ne se rappelle que de la veille, c'est ce qui soulève, révolte.

L'influence ne s'exerce plus , la confiance ne s'établit, l'espérance ne se maintient. En l'absence de ces aides tutélaires, voilà qu'on se relève d'autant plus haut, comme pour abaisser les audacieux ennemis, qu'on érige les remparts de la dignité au devant des actes révérencieux.

Respect à la loi, respect au roi : ces mots résonnent en échos redoublés, d'anneau en anneau de la chaîne hiérarchique, à peu près sur le même ton que le caporal Schlag fait retentir ce mot : Garde à vous!

L'erreur est grande : le respect ne se commande pas, sauf que l'ordre parte du bout de la canne dont est armé le caporal expérimenté.

Le respect se conquiert plutôt, se rencontre seulement, en se faisant estimer par la loyauté, aimer par la libéralité.

Le pays, le siècle surtout sont tellement antipathiques à ce sentiment, qu'à peine en étant respectable, on obtient d'être respecté, qu'à peine en se respectant soi-même, on parvient à se faire respecter des autres.

Voyez aussi quelle est la propagation spontanée du dédain au mépris, de l'ironie au sarcasme, de l'insulte à l'outrage.

Voyez quelle est la dégradation rapide de la foi en doute, du doute en crainte, de la crainte en désespoir : d'où le cœur se glace chez les amis, s'embrase chez les ennemis.

Les choses en sont venues au point extrême.

Jamais il n'y eut à faire le roi : maintenant il n'y pas même à se faire roi.

Dans l'imminence du naufrage, le point capital est de sauver l'être tout nu de la royauté; sauf au retour d'un temps propice, à le revêtir, non plus des oripeaux choquans qui aliènent les esprits, mais bien des insignes attrayans qui ramènent les cœurs.

Deux voies semblent s'offrir, l'une et l'autre énergiques afin d'être efficaces, et l'une plus sûre pour l'instant, l'autre plus sûre dans l'avenir.

L'abdication de la puissance : l'abnégation de la volonté.

Mais en cette ère, où tantôt renversés par d'autres, tantôt se renversant eux-mêmes, de toute part croulent les trônes, soit avec grand fracas ou à petit bruit, cela ne laisse pas de prêter au ridicule, que tel et tel acte d'abdication de Rambouillet ou des Tuileries, de même volontaires de dire, contraints de fait.

Et la route étant frayée, la planche étant franchie, d'autant que plus fréquemment on y a passé, plus aisément on y passera.

Et cette couronne coup sur coup envoyée et renvoyée d'une tête à l'autre, ainsi que la balle du jeu de paume, de plus en plus court le risque de se poser de travers, perd la chance de se fixer à demeure.

Comme aussi, après une époque prolongée, où suivant l'opinion commune, il a été porté peu de scrupule à ne pas faire le maître, toute parole fût-elle d'honneur, tout serment fût-il en face du ciel, d'abnégation absolue de la volonté, sont exposés à ne pas inspirer une forte foi et même à susciter le doute sur la bonne foi.

D'autant que les plus tristes exemples parfois consciencieux en leur source occulte, ont apparu chargés de la leçon de défiance.

Que dire? La passe est étroite : quelque malin esprit a fait s'engager entre Carybde et Scylla. Se peut-il qu'on se sauve de l'une et de l'autre, qu'enfin on atteigne le port? Rien de moins certain à se promettre : rien de plus urgent à tenter.

En raison même, et outre mesure, il faut présenter à l'opinion des sûretés, imposer au pouvoir des entraves.

Le ministère est à renvoyer, à remplacer dans la nuance du cabinet de novembre.

En tout cas, il a à jouer le rôle du bouc chargé des malédictions et voué aux vengeances : en l'état actuel, il a mis en péril et le trône et la pairie, afin de se maintenir au faîte.

Le procès est à étouffer par l'amnistie.

Non pas que ce retour, ce recul puisse avoir lieu sans grand dommage pour le crédit de la royauté; mais parce qu'il n'existe aucune autre chance, si faible qu'elle soit, de prolonger sa durée.

La pairie est à rendre élective :

Cela étant expérimenté à un prix trop haut, qu'autrement elle devient satellite de l'astre dominant du cabinet, et est répudiée par la confiance, expulsée de la gratitude, livrée aux traits du sarcasme, du ridicule.

La gangrène a été inoculée comme en manière de jeu, a été envenimée par le traitement le plus contraire, et s'avance, et s'apprête à gagner jusqu'aux organes vitaux : sauf qu'à l'instant même, tels et tels membres plus ou moins maléficiés, soient ou retranchés ou cautérisés.

Cela fait, et le temps aidant, et le sens revenant, et le cœur se relevant, il y aura à reprendre la trame mal tissue, à la défiler en plein, à l'ourdir à nouveau ; sans quoi, bientôt péril égal, et nul remède, et terme extrême.

Eh ! qu'on demande aux républicains, nos maîtres au premier jour, nos maîtres pour un jour, parti où la bonne foi, le zèle pur, ont cherché un refuge, éliminés de toute autre part, si ce serait travailler en faveur ou à l'encontre de leurs desseins, de leurs espoirs, de leurs succès.

DE L'IMPRIMERIE D'A. PIHAN DE LA FOREST,
rue des Noyers, n° 37.

BIBLIOTHEQUE ROYALE
I

www.ingramcontent.com/pod-product-compliance
Ingram Content Group UK Ltd.
Pitfield, Milton Keynes, MK11 3LW, UK
UKHW020153080726
13614UKWH00006B/2545